Directeur de publications : Claude Cavelier

Dépôt légal : décembre 1988
Imprimé en France
Loi n° 49956 du 16 juillet 1949 sur les publications destinées à la jeunesse

LES OBSERVATEURS DE LA TERRE
LA GRANDE AVENTURE DES YALLIENS

sur une idée originale de
Jérôme GOYALLON

LA PREMIÈRE COLONIE

Texte et mise en scène
Jérôme GOYALLON
Géologue au Bureau de Recherches Géologiques et Minières

avec la collaboration de
Jean-François BECQ-GIRAUDON
Géologue au Bureau de Recherches Géologiques et Minières

Dessin
J. Paul VOMORIN

Volume 3 - **LE PALÉOZOÏQUE**

(ÈRE PRIMAIRE)

TOTAL
TOTAL - ÉDITION PRESSE
5, rue Michel-Ange
75016 PARIS

ÉDITIONS DU B.R.G.M.
avenue de Concyr
45060 ORLÉANS Cedex 2

LE PALÉOZOÏQUE

OU ÈRE PRIMAIRE

ÉCHELLES DES TEMPS GÉOLOGIQUES EN MILLIONS D'ANNÉES (Ma)*

1. - ÉCHELLE GÉNÉRALE

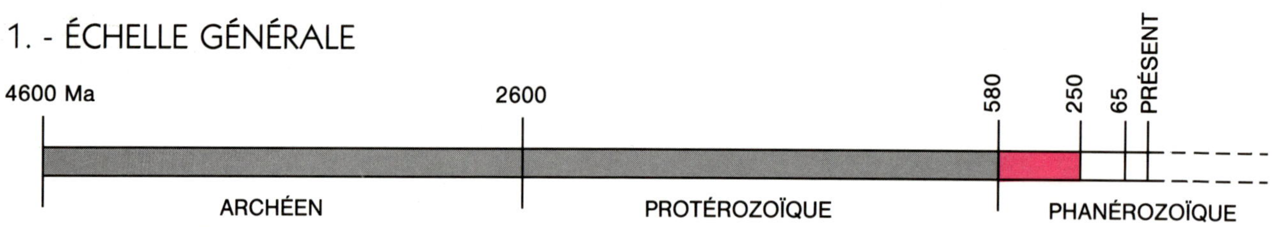

2. - ÉCHELLE DU PHANÉROZOÏQUE (DU GREC *phaneros* : VISIBLE, ET *zôon* : ANIMAL)

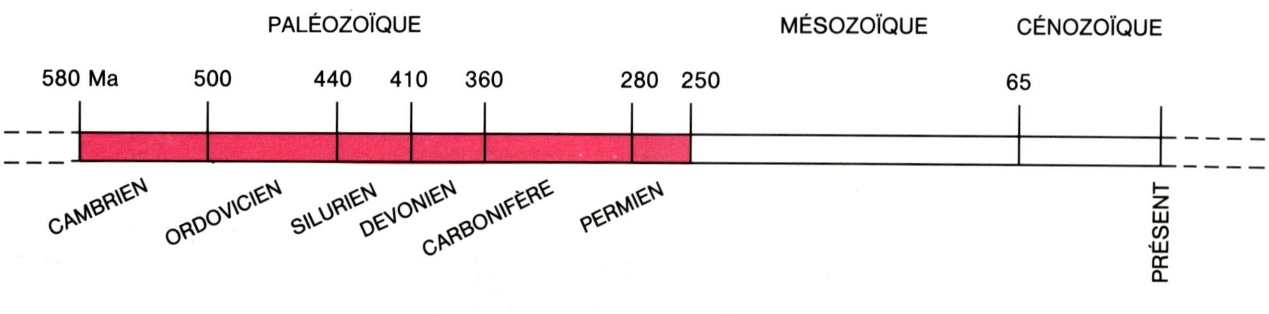

* ADMISES EN 1988

A paraître
Volume 4 - **L'ÈRE SECONDAIRE**

DEPUIS 4 MILLIARDS D'ANNÉES, LES EXILÉS DE YALL, UNE PLANÈTE DISPARUE, SUIVENT AVEC ATTENTION L'ÉVOLUTION D'UN AUTRE ASTRE : LA TERRE, CAR LEUR PROJET EST DE S'Y ÉTABLIR DURABLEMENT*...

SUR CETTE PLANÈTE CONVOITÉE, UNE ÈRE NOUVELLE PROMET ENFIN AUX 676 YALLIENS, LES PASSAGERS DE L'ARCHE DU COSMOS (A-D-C), LA PERSPECTIVE D'UNE VIE AGRÉABLE.

IL Y A PLUS D'UN DEMI-MILLIARD D'ANNÉES, P-A ET T-J LES PIONNIERS DE L'EXPLORATION TERRESTRE, ACCOMPAGNÉS DE LEURS FIDÈLES MASCOTTES, LES BAKOUS, SE DIRIGENT VERS LA PLANÈTE BLEUE À BORD DE LA NAVETTE Y-02...

L'ÈRE PRIMAIRE COMMENÇAIT PAR UNE PÉRIODE (OU SYSTÈME) APPELÉE AUJOURD'HUI : CAMBRIEN.*

* DE CAMBRIA NOM LATIN DU PAYS DE GALLES.

-580 Ma (MILLIONS D'ANNÉES)
CAMBRIEN
-500Ma
DE PART ET D'AUTRE DE L'ÉQUATEUR, UN VASTE CONTINENT, LE GONDWANA, ÉMERGE DE L'OCÉAN.
GONDWANA
CONTINENT
MARGE CONTINENTALE
OCÉAN
1
2
3
4
5
7
À CETTE ÉPOQUE, LES CONTINENTS PRIMITIFS DE L'AFRIQUE (1), L'AMÉRIQUE DU SUD (2), L'ANTARCTIQUE (3), L'INDE (4) ET L'AUSTRALIE NE FAISAIENT QU'UN.
★ ANCIENNE POSITION DE LA FRANCE
PLUSIEURS CONTINENTS ANCRÉS SUR LES PLAQUES MOBILES DE LA LITHOSPHÈRE* SE SONT REGROUPÉS !
PLUS ON MET D'ŒUFS, PLUS L'OMELETTE EST GROSSE.
L'ŒUF !... J'AVAIS OUBLIÉ L'ŒUF DANS A-D-C.
* CROÛTE + SOMMET DU MANTEAU SUPÉRIEUR
QUAND JE PENSE QU'IL Y A UN INTRUS* PARMI NOS ŒUFS PASSAGERS CLANDESTINS...
QUELLES TÊTES VOUS FAITES !!! IL NE VOUS MANQUE QUE LA PAROLE !
8 BÉBÉS BAKOUS + 1 COLIS SURPRISE, IL Y EN A QUI VONT ÊTRE ÉTONNÉS !
???
* VOIR VOLUME 2
LORSQUE LE JOUR ÉCLAIRE L'AUTRE CÔTÉ DE LA TERRE, LES YALLIENS OBSERVENT DES ÎLES MOINS ÉTENDUES...
6
7
8
9
... QUI DEVIENDRONT (POUR PARTIE) L'AMÉRIQUE DU NORD (6), L'EUROPE DU NORD (7), LA SIBÉRIE (8) ET LA CHINE (9).
LA NAVETTE ABORDE BIENTÔT L'UNE DES ÎLES...
PARÉ À L'ATTERRISSAGE !

POURTANT SUR CE MÊME CONTINENT LA NATION YALLIENNE ALLAIT FONDER :

La première colonie

* DÉCOUVERTE EN 1909 DANS LES MONTAGNES ROCHEUSES AU CANADA.

* "COQUILLAGE" À DEUX VALVES.
* UN DES PREMIERS CRUSTACÉS.

DANS LES SÉDIMENTS VASEUX, DIFFÉRENTS VERS COHABITENT AUSSI.
BIENTÔT LES YALLIENS DONNENT L'ORDRE DE REPLI VERS LA NAVETTE Y-02.
ON VA OBSERVER CES PETITES BÊTES DE PLUS PRÈS!
MINUTE, TATILLONS!
AVEC PRÉCAUTION, P-A ET T-J EXAMINENT LES CURIEUX "TERRIENS MARINS" DU CAMBRIEN.
LE TRILOBITE EST UN INVERTÉBRÉ, SON SQUELETTE EST EXTERNE ET SES PATTES ARTICULÉES.*
VITE! REMETS-LE DANS L'EAU!
* ARTHROPODES, EX: CRUSTACÉS, INSECTES.
CEUX-LÀ SONT DES ANIMAUX FIXÉS SUR LE FOND!
TU PARLES D'UNE VIE!
1
2
3
1 ET 2 DES ÉPONGES, 3 UN CRINOÏDE.
TU TE RENDS COMPTE! J'AI RECENSÉ ICI PRÈS DE 120 ANIMAUX DE GENRES DIFFÉRENTS!...
MAIS?! LA NAVETTE BOUGE!!
JE RÉCUPÈRE LES BAKOUS, ILS SONT TOUJOURS DANS L'EAU!
VITE, ÇA TREMBLE DE PLUS EN PLUS!!!
TOUT À COUP, UNE FORCE IMPRÉVISIBLE ENTRAÎNE LA NAVETTE ET SA PASSAGÈRE...
P-A!!! AU SECOURS!
?

INSTABLES, LES SÉDIMENTS ACCUMULÉS CONTRE LE RÉCIF ONT SOUDAINEMENT GLISSÉ EN MASSE EN CONTREBAS...
POURVU QUE LES BAKOUS NE SOIENT PAS ENSEVELIS DANS CETTE VASE !
LE FOND PRIVÉ D'OXYGÈNE EST UN PIÈGE MORTEL POUR LES ANIMAUX QUI Y SONT TOMBÉS...
QUEL RAVAGE !! ILS SONT TOUS ASPHYXIÉS.
T-J A DÉJÀ REDRESSÉ LA NAVETTE LORSQUE P-A LA REJOINT...
AUCUNE TRACE DES BAKOUS, C'EST AFFREUX !
RIEN N'EST PERDU, ILS ONT LEURS SCAPHANDRES, CHERCHONS !...
AU PIED DE LA FALAISE, LES MASCOTTES NE FIGURENT PAS PARMI LES RESCAPÉS !
ET POURQUOI NE SERAIENT-ILS PAS LÀ-HAUT ?
Y-02 SE POSE À FLEUR D'EAU 150 m PLUS HAUT. LE RÉCIF CONSTRUIT PAR LES ALGUES A GRANDI EN MÊME TEMPS QUE LA REMONTÉE DU NIVEAU DES MERS*.
MONTE SUR LE TOIT !... TU VERRAS MIEUX !
* QUELQUES CENTIMÈTRES PAR SIÈCLE
P-A, VIENS VITE !!! DES MONSTRES MARINS APPROCHENT !

QUAND LE CAMBRIEN PREND FIN, PRESQUE TOUS LES GROUPES D'INVERTÉBRÉS SONT CONSTITUÉS. UNE NOUVELLE ÉPOQUE COMMENCE : L'ORDOVICIEN (DE ORDOVICES, NOM D'UN PEUPLE GALLOIS).

-500 Ma
ORDOVICIEN
-440 Ma
DEPUIS L'ARCHE, APRÈS UN SOMMEIL RÉPARATEUR LES YALLIENS CONTEMPLENT LA TERRE...
5 3 2 4 1 7
LE GONDWANA ET L'EUROPE(7) GLISSENT VERS LE SUD. LA FRANCE EST AU PÔLE (★).
SUR LES ÉCRANS, ON VOIT MIEUX LA MARGE CONTINENTALE.
9 6 8 7
LES AUTRES ÎLES, AMÉRIQUE DU NORD (6), SIBÉRIE (8) ET CHINE (9) ONT MOINS BOUGÉ.
CETTE FOIS, LA BELLE L-N ET L'IMPÉTUEUX G-I ACCOMPAGNENT T-J ET P-A.
NOUS AUSSI, ON EST LÀ !!!
TOUS LES RELIEFS ONT ÉTÉ ÉRODÉS, IL N'Y A PAS DE HAUTES MONTAGNES EN VUE !
BIENTÔT LES NAVETTES SURVOLENT UN LARGE FLEUVE DRAINANT PARESSEUSEMENT SES SÉDIMENTS VERS LA MER...
S'IL Y A DES MÉANDRES C'EST QU'IL Y A PEU DE PENTE !
À LA PROCHAINE PLAGE ON S'ARRÊTE !
IL FAIT BEAU ! ON VA METTRE NOS MAILLOTS !
PENSES-TU ? L'OXYGÈNE ET L'OZONE ENCORE INSUFFISANTS EXIGENT LE PORT DU SCAPHANDRE !
PEU APRÈS...
C'EST SUPERBE ET ON EST À L'ABRI.
ALLEZ !.. LE PREMIER ARRIVÉ SUR LE SABLE !!
J'AI GAGNÉ !... MAIS ?... CE N'EST PAS DU SABLE COMME D'HABITUDE ?!...

* GRAPTOLITES

DURANT L'ORDOVICIEN, LA PETITE ÉQUIPE VISITE À PLUSIEURS REPRISES LES MERS QUI, À CHAQUE FOIS, LEUR RÉSERVENT D'INNOMBRABLES SURPRISES. LA DIVERSIFICATION DU MONDE VIVANT BAT SON PLEIN !

WAOUH! UN SCORPION DES MERS*!
*CLASSE DES MÉROSTOMES.
UN PEU PLUS TARD...
VOILÀ! C'EST FINI MON JOLI!
JE N'EN AI PAS EU AUTANT POUR MA PATTE!
IL Y A 440 Ma...
UNE NOUVELLE GLACIATION S'INSTALLE, LA SÉDIMENTATION CALCAIRE RALENTIT.
LOGIQUE! LE FROID ANÉANTIT LES ORGANISMES QUI FOURNISSENT LE CALCAIRE!
J'EN AI FROID DANS LE DOS.
PAS DE VIE, PAS DE CADAVRE!
POURTANT, DANS L'OCÉAN, D'AUTRES SÉDIMENTS S'ACCUMULENT SUR LES FONDS.
C'EST DU SABLE SILICEUX PROVENANT DE L'ÉROSION DES CONTINENTS.
L'EAU S'INFILTRE ET ABANDONNE ENTRE LES GRAINS CERTAINES SUBSTANCES* QUI LES CIMENTENT EN CRISTALLISANT...
L'EUSSES-TU CRU QUE DES GRAINS FIRENT CE GRÈS GRIS!!
LA TAILLE DES GRAINS DU GRÈS < 2 mm
* EX: SILICE, CALCAIRE, OXYDE DE FER...
LES ROCHES SÉDIMENTAIRES SE FORMENT PAR ACCUMULATION...
SABLES, GRÈS ET ARGILES
...OU PAR PRÉCIPITATION
EXEMPLE: LES CALCAIRES FINS, LE SEL ET LE GYPSE.
...OU SONT CONSTRUITES!
COMME LES RÉCIFS!
PLUS LOIN...
REGARDE CETTE HORREUR! METS VITE TON SCAPHANDRE!
?!

UNE ÉTRANGE CRÉATURE ONDULE ENTRE DEUX EAUX. C'EST UN DES PREMIERS VERTÉBRÉS.
OH! LÀ, LÀ! IL EST LAID!
JE NE ME MEUS PAS AINSI, MOI!
ON VA L'APPORTER À I-D POUR QU'IL L'ÉTUDIE.
CHOUETTE! ON AURA PLUS CHAUD DANS A-D-C.
D'ICI, ON VOIT BIEN LA NOUVELLE GLACIATION SUR LE GONDWANA!*
* DONT LES TRACES SONT TOUJOURS VISIBLES AU SAHARA ET EN ARABIE.
L'ORDOVICIEN PREND FIN. L'UN DES FAITS LES PLUS MARQUANTS DE CETTE ÉPOQUE EST L'APPARITION DES VERTÉBRÉS.
LE SYSTÈME NERVEUX EST DIVISÉ EN DEUX PARTIES: LE CERVEAU ET LA MOELLE ÉPINIÈRE.
LE CRÂNE EST CREUX, LES OS AUSSI!
CETTE BÊTE A UNE BOUCHE RONDE SANS MÂCHOIRE*, ELLE AVALE SA NOURRITURE.
IL FAUT QUE ÇA ÉVOLUE, ÇA NE PEUT PAS DURER COMME ÇA!!
*agnathe (DU GREC a: SANS ET gnathos: MÂCHOIRE)
"BIENTÔT" LE GRAND VAISSEAU DEVIENT SILENCIEUX, LE TEMPS D'UNE "HIBERNATION" COLLECTIVE...
ZZZZZZZ RON
UNE NOUVELLE ÉPOQUE ATTEND LES YALLIENS: LE SILURIEN (DE SILURES, NOM D'UN AUTRE PEUPLE GALLOIS)...

-440 Ma
SILURIEN
-400 Ma
LORSQUE LES OBSERVATEURS DE LA TERRE SE RÉVEILLENT, LA TERRE A BIEN CHANGÉ...
1
6
8
9
L'AFRIQUE DU SUD (1) EST AU PÔLE SUD, AU CŒUR DU GONDWANA. L'AMÉRIQUE (6), LA RUSSIE (8) ET LA CHINE (9) SONT TRAVERSÉES PAR L'ÉQUATEUR. (FRANCE ★)
LA GLACIATION PREND FIN, LES MERS VONT REMONTER !
5
3
2
DE L'AUTRE CÔTÉ DE LA PLANÈTE, L'OCÉAN GRANDIT. IL BORDE AU SUD L'AUSTRALIE (5), L'ANTARCTIQUE (3) ET L'AMÉRIQUE DU SUD (2).
IL EST TEMPS POUR LES YALLIENS DE CONSTATER LES EFFETS DE LA GRANDE GLACIATION*.
RIEN DE TEL QUE L'ASTROSCOPE POUR OBTENIR DES IMAGES DE SYNTHÈSES RECONSTITUANT L'AVANCÉE ET LA FONTE D'UN GLACIER...
ON VOIT QU'IL AGIT COMME UN BULLDOZER : IL ARRACHE ET ENTRAÎNE LES BLOCS.
1
GLACIER
MORAINES
2
GLACIER
3
MORAINES
LA GLACE FONDUE, LES MORAINES RESTENT !
* COMPARABLE À CELLE DE L'ANTARCTIQUE ACTUELLE.
"DÉSHABILLÉES", LES VALLÉES GLACIAIRES DÉVOILENT DES STRIES INDIQUANT LA DIRECTION EMPRUNTÉE JADIS PAR LA GLACE...
LES BLOCS INCRUSTÉS À LA BASE DU GLACIER ONT GRAVÉ SON HISTOIRE.
ILS ONT COMPLÈTEMENT RABOTÉ LE SOCLE !
MAL AFFUTÉ, LE RABOT !
?!

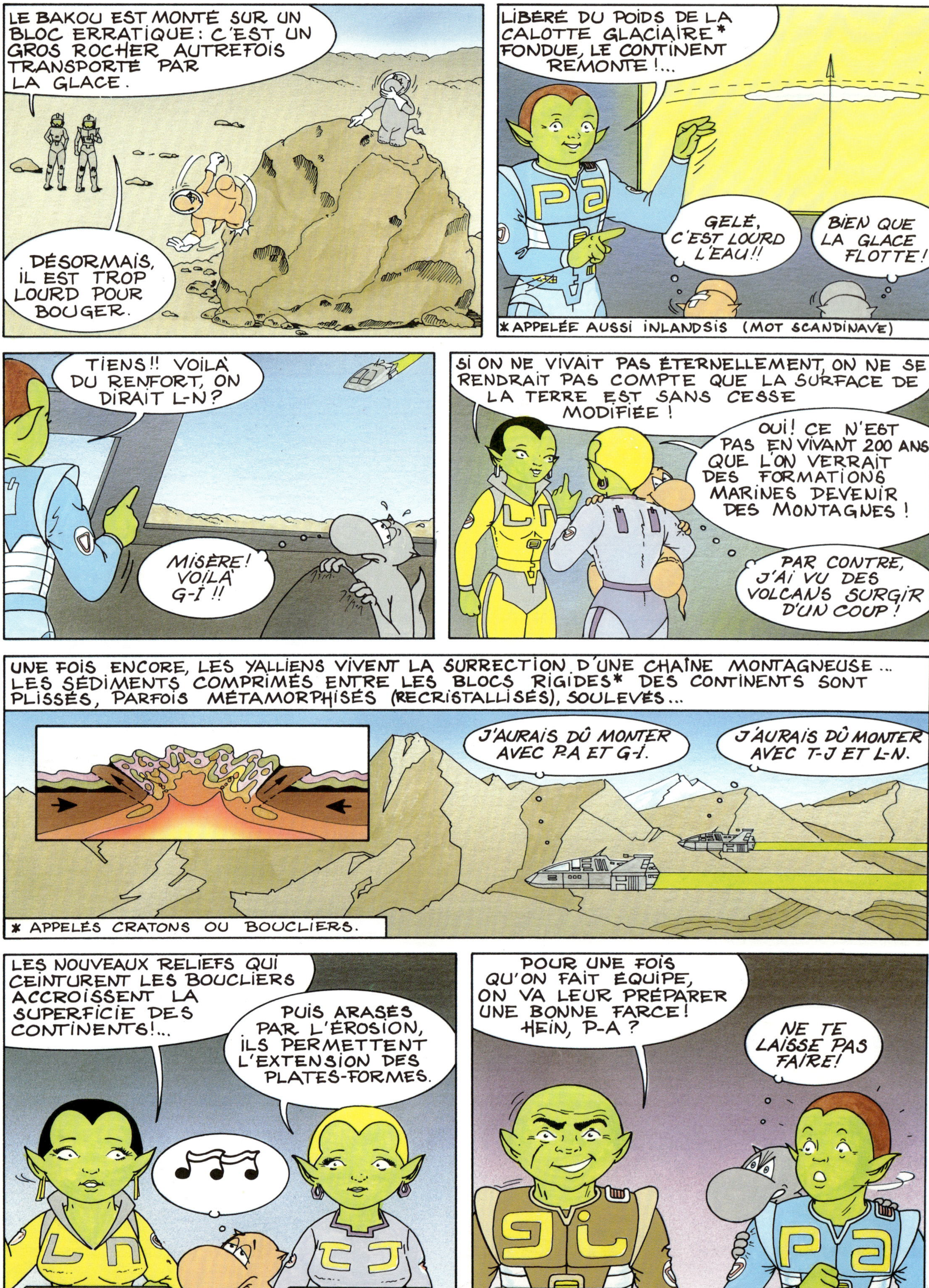
LE BAKOU EST MONTÉ SUR UN BLOC ERRATIQUE : C'EST UN GROS ROCHER AUTREFOIS TRANSPORTÉ PAR LA GLACE.
DÉSORMAIS, IL EST TROP LOURD POUR BOUGER.
LIBÉRÉ DU POIDS DE LA CALOTTE GLACIAIRE* FONDUE, LE CONTINENT REMONTE !...
GELÉ, C'EST LOURD L'EAU !!
BIEN QUE LA GLACE FLOTTE !
* APPELÉE AUSSI INLANDSIS (MOT SCANDINAVE)
TIENS !! VOILÀ DU RENFORT, ON DIRAIT L-N ?
MISÈRE ! VOILÀ G-I !!
SI ON NE VIVAIT PAS ÉTERNELLEMENT, ON NE SE RENDRAIT PAS COMPTE QUE LA SURFACE DE LA TERRE EST SANS CESSE MODIFIÉE !
OUI ! CE N'EST PAS EN VIVANT 200 ANS QUE L'ON VERRAIT DES FORMATIONS MARINES DEVENIR DES MONTAGNES !
PAR CONTRE, J'AI VU DES VOLCANS SURGIR D'UN COUP !
UNE FOIS ENCORE, LES YALLIENS VIVENT LA SURRECTION D'UNE CHAÎNE MONTAGNEUSE... LES SÉDIMENTS COMPRIMÉS ENTRE LES BLOCS RIGIDES* DES CONTINENTS SONT PLISSÉS, PARFOIS MÉTAMORPHISÉS (RECRISTALLISÉS), SOULEVÉS...
J'AURAIS DÛ MONTER AVEC P-A ET G-I.
J'AURAIS DÛ MONTER AVEC T-J ET L-N.
* APPELÉS CRATONS OU BOUCLIERS.
LES NOUVEAUX RELIEFS QUI CEINTURENT LES BOUCLIERS ACCROISSENT LA SUPERFICIE DES CONTINENTS !...
PUIS ARASÉS PAR L'ÉROSION, ILS PERMETTENT L'EXTENSION DES PLATES-FORMES.
POUR UNE FOIS QU'ON FAIT ÉQUIPE, ON VA LEUR PRÉPARER UNE BONNE FARCE ! HEIN, P-A ?
NE TE LAISSE PAS FAIRE !

ON VA PÊCHER UN SCORPION DE MER POUR LEUR FAIRE PEUR !
NE T'INQUIÈTE PAS, LE BAKOU !... TU SAIS BIEN QUE T-J ET L-N LE CONNAISSENT AUSSI BIEN QUE TOI ET QU'ELLES EN ONT VU D'AUTRES !
PLUS TARD, EN MER...
LE CLIMAT EST REDEVENU AGRÉABLE.
D'INNOMBRABLES COLONIES DE GRAPTOLITES * DÉRIVENT !
ALORS G-I ! ÇA MORD ??
CHUT !
FLOTTEUR
COLONIE DE GRAPTOLITES
* DE FORMES VARIÉES, LEURS FOSSILES PERMETTENT LA DATATION PRÉCISE DES TERRAINS ORDOVICIENS ET SILURIENS.
TOUT À COUP !
?!
ON DIRAIT QUE C'EST UN SCORPION QUI A PÊCHÉ G-I !!!
PLOUF
LE BAKOU NE CROIT PAS PENSER SI JUSTE. LES SCORPIONS DE MER ONT ÉVOLUÉ POUR DEVENIR D'ÉNORMES PRÉDATEURS*
MALHEUR ! UN MONSTRE ! ET MA MAIN EST PRISE DANS LA LIGNE !!
* LE PTERYGOTUS, DÉPASSANT PARFOIS 2m DE LONG.

QUE SE PASSE-T-IL ?
JE NE SAIS PAS!... G-I A PLONGÉ SANS PRÉVENIR !
LES DEUX YALLIENNES INTRIGUÉES PLONGENT À LEUR TOUR
SACRÉ G-I ! QU'EST-CE QU'IL LEUR PRÉPARE ?
T-J ET L-N APERÇOIVENT G-I EN PERDITION...
VITE ! IL VA SE FAIRE DÉVORER.
IMPOSSIBLE DE ME DÉGAGER !... JE SUIS FICHU !!!
ILS EN METTENT UN TEMPS !! BIZARRE !...
BIZARRE ! IL A DIT BIZARRE !
JE RETOURNE À LA NAVETTE, IL FAUT DES PINCES POUR COUPER LE FILIN...
QUELLE IDÉE J'AI EUE !
ATTIRÉS PAR LE BRUIT, D'AUTRES ANIMAUX AFFLUENT DE TOUTE PART EN QUÊTE D'UN FESTIN !
2
3
4
1
5
1- EURYPTÉRIDES - 2-3-4-5 - AGNATHES

DE RETOUR AVEC P-A, T-J LIBÈRE LE MALHEUREUX YALLIEN.
ÇA Y EST !
IL S'EST EVANOUI !
PEU APRÈS...
ALORS, TU NE VEUX TOUJOURS PAS NOUS DIRE POURQUOI TU VOULAIS ATTRAPER CET ANIMAL ?...
EUH ! NON... ENFIN... OUI... C'ÉTAIT JUSTE POUR LE SPORT !
QUITTANT L'OCÉAN, LES YALLIENS SURVOLENT UNE VASTE MER ÉPICONTINENTALE* OÙ PROLIFÈRENT DES RÉCIFS CORALLIENS...
LES CORAUX SONT DES ANIMAUX FIXÉS QUI VIVENT DANS UN SQUELETTE CALCAIRE.
LEUR COLONIE EST SI PEUPLÉE QUE L'ON VOIT DU CIEL LEUR CONSTRUCTION.
ILS FONT DANS LA DENTELLE !...
* AU CENTRE DE L'AMÉRIQUE DU NORD (VOIR VOLUME 2 PAGE 6)
LES CORAUX DOIVENT S'ASSOCIER AUX ALGUES POUR BÂTIR CES ÉDIFICES SUR LE FOND MARIN.*
LES VIVANTS S'INSTALLENT SUR LES MORTS. AINSI GRANDIT LE RÉCIF.
C'EST D'UN GAI !...
* PROFONDEUR MAXI 40 m
DANS LA MER CHAUDE*, LES RÉCIFS OFFRENT UN ABRI À DE NOMBREUSES AUTRES ESPÈCES...
* 20°C MINIMUM
PLUS TARD, LA MÊME MER SOUMISE À UN CLIMAT ARIDE S'ASSÈCHE...
L'EAU S'ÉVAPORE, IL RESTE LES ÉVAPORITES.
LOGIQUE !
CE SONT DES DÉPÔTS DE SELS*.
PAUVRES CORAUX, ILS ONT DÛ EN BAVER !
* DIFFÉRENTS MINÉRAUX DONT LE SEL GEMME ET LE GYPSE.
DANS DE TELLES CONDITIONS, LA VIE EST ANÉANTIE SUR DE VASTES ÉTENDUES. AINSI DISPARAISSENT DE NOMBREUSES FORMES DE BRACHIOPODES...
AMPHISTROPHIA
LINGULA*
HOWELLELLA
* LINGULA VIT ENCORE DE NOS JOURS.

MAIS UN ÉVÉNEMENT ENCORE PLUS EXTRAORDINAIRE A ÉCHAPPÉ AUX EXPLORATEURS DE LA TERRE, ILS LE DÉCOUVRIRONT AU DÉVONIEN (DE DEVON: COMTÉ ANGLAIS).

-400 Ma
devonien
-360 Ma
LA CONQUÊTE DES PLANTES SUR LA TERRE FERME BOULEVERSE L'ÉCOLOGIE DE LA PLANÈTE TERRE...
LE TAUX D'OXYGÈNE NE CESSE D'AUGMENTER. IL EST RAISONNABLE D'ENVISAGER...
...NOTRE INSTALLATION POUR BIENTÔT...
I-D ET MOI-MÊME, NOUS ACCOMPAGNERONS P-A ET T-J POUR VÉRIFIER NOS ESTIMATIONS!
UNE CERTAINE AGITATION SE MANIFESTE CHEZ LES YALLIENS...
REVENEZ VITE!
À BIENTÔT !...
SUR TERRE, CE QUI AVAIT ÉCHAPPÉ AUX GÉONAUTES ETAIT ENFIN DÉCOUVERT, SELON UNE LÉGENDE... YALLIENNE, PAR LES BAKOUS...
LES SCORPIONS PIQUENT ET LES TIQUES ATTAQUENT!
AGRESSIFS, CES TERRIENS!
DISCRETS PAR LA TAILLE, LES PREMIERS ANIMAUX TERRESTRES, LES ARACHNIDES, ONT QUITTÉ LES MILIEUX AQUATIQUES ET SUIVI LES PLANTES.
1
2
3
LES ARACHNIDES COMPRENNENT:
- LES ARAIGNÉES (1)
- LES SCORPIONS* (2)
- LES ACARIENS (3)
(EXEMPLE: LES TIQUES)
* LES "SCORPIONS DE MER" APPARTIENNENT À UNE AUTRE CLASSE: LES MÉROSTOMES.

LE DÉVONIEN NE FAIT PAS EXCEPTION, LA TECTONIQUE DES PLAQUES TRANSFORME LENTEMENT MAIS CONSTAMMENT LA DISPOSITION DES CONTINENTS À LA SURFACE DE LA TERRE (VOIR VOLUME 2).

* EUSTHENOPTÉRON

* COMME LES DIPNEUSTES ACTUELS.

IL PEUT MÊME "MARCHER" AVEC SES NAGEOIRES CHARNUES.
ET ALORS !? MOI, JE NAGE BIEN AVEC MES PATTES !
NOUS REVIENDRONS VOIR LES DESCENDANTS DE CE SPÉCIMEN APRÈS NOTRE MISSION MARINE, VOUS VERREZ !...
TIENS !... REVOILÀ L-N ET G-I !!
L'ENVIRONNEMENT DES MERS A SUBI, AUSSI, BIEN DES CHANGEMENTS.
QUEL PARADIS !
BIZARRE ! LES TRILOBITES SE FONT PLUS RARES.
MAIS LES CÉPHALOPODES À COQUILLE * PULLULENT ICI.
* DONT LE NAUTILE ACTUEL EST L'UN DES DERNIERS REPRÉSENTANTS. CE GROUPE DE MOLLUSQUES COMPREND AUSSI LES PIEUVRES ET LES CALMARS DÉPOURVUS DE COQUILLE EXTERNE.
LA COQUILLE DU NAUTILE EST DOTÉE DE LOGES CREUSES QUI SE REMPLISSENT ET SE VIDENT D'EAU COMME LES BALLASTS D'UN SOUS-MARIN.
DANS LA NAVETTE...
LE RADAR SIGNALE DE CURIEUX SOUS-MARINS, JE VAIS ALLER VOIR !
SANS HÉSITER, LE YALLIEN S'AVENTURE VERS LES OBJETS NAGEANTS NON IDENTIFIÉS (LONGS DE 10m ENV.)
INCROYABLE ! DES ENGINS VENUS D'UNE AUTRE PLANÈTE !

EN UN ÉCLAIR, LE NAGEUR IMPRUDENT COMPREND, MAIS IL EST TROP TARD !...
!!!
HORREUR !! DES PLACODERMES GÉANTS* !
* FOSSILES VOISINS DES REQUINS (ICI, DINICHTHYS, LE PLUS GRAND CONNU).
LES POISSONS, ARMÉS DE MÂCHOIRES AUX DENTS EFFILÉES S'APPROCHENT DE LEUR PROIE !
JE NE ME SUIS JAMAIS SENTI SI PETIT !*
* " LE YALLIEN = 1m "
DANS UN MOUVEMENT DÉSESPÉRÉ, G-I ÉVITE LES MONSTRES QUI SE LACÈRENT MUTUELLEMENT !
PROFITANT DE LA CONFUSION, LE YALLIEN FILE VERS LA NAVETTE LA PLUS PROCHE.
SAUVÉ !! ILS S'ENTRETUENT !
POURTANT !... AU DERNIER MOMENT, UN DES PLACODERMES FAIT VOLTE-FACE !...
AU SEC...

DE JUSTESSE G-I ÉCHAPPE AU MONSTRE QUI PERCUTE DE SA TÊTE CUIRASSÉE LA NAVETTE.
BONG
ATTIRÉS PAR LE SANG, DES REQUINS PRIMITIFS* HARCÈLENT L'INVINCIBLE POISSON...
* CLADOSELACHE
PEU APRÈS...
AVANT DE REPARTIR, TU VEUX PEUT-ÊTRE NOUS RAMENER UN DE CES REQUINS?
C'EST MALIN!...
ON POURRA DIRE QUE CETTE PÉRIODE EST "L'ÂGE DES POISSONS*."
*AUTRE NOM DONNÉ AU DÉVONIEN.
LA PETITE FÊTE QUI SUIT EST MARQUÉE PAR UNE SURPRISE...
OH!!! DES COLLIERS!
QU'ILS SONT GENTILS!
LA PÊCHE AUX COQUILLAGES EST MOINS SPECTACULAIRE QUE CELLE PRATIQUÉE PAR G-I ET POURTANT ÇA PEUT RAPPORTER GROS!!!
T-J, QUI N'ÉTAIT PAS DANS LE SECRET, REÇOIT LA PLUS BELLE PARURE, PEINTE PAR LE BAKOU: LES BRACHIOPODES EN ROSE, LES GASTÉROPODES EN BLEU ET LES BIVALVES EN JAUNE.

QUELQUES MILLÉNAIRES PLUS TARD, I-D CONVOQUE TOUS LES YALLIENS.
J'AI UNE GRANDE NOUVELLE À VOUS ANNONCER ! L'ATMOSPHÈRE TERRESTRE EST DEVENUE RESPIRABLE. LA VÉGÉTATION EST ASSEZ DENSE POUR RÉGULARISER SON OXYGÉNATION...
HOURRA!
HOURRA!
BAS LES MASQUES!
GRAT GRAT
ET POUR LA PLONGÉE SOUS-MARINE, COMMENT FERAS-TU?
SEULS G-I ET L-N ONT CÉDÉ LEURS PLACES À B-R ET G-M POUR UNE NOUVELLE MISSION...
LIBÉRÉS DE LEUR COMBINAISON, LES BAKOUS EXULTENT.
FAITES ATTENTION AUX COUPS DE SOLEIL !
MAIS CE QUI DEVAIT ARRIVER ARRIVA!
LA PEAU DE MES PATTES PÈLE!
MÊME MON MUSEAU MUE!
VOILÀ CE QUE JE CHERCHAIS !
ÇA ALORS! DES AMPHIBIENS*!
* ICI: ICHTYOSTEGA, DU GREC Ikhthus, POISSON ET Stegê, TOIT.
JE PARIE QUE LEURS ANCÊTRES ÉTAIENT LES POISSONS MARCHEURS.
EN QUELQUES MILLIONS D'ANNÉES LEURS NAGEOIRES SERAIENT DEVENUES DES PATTES!...
MAIS ILS PONDENT TOUJOURS DANS LE LAC...
PUIS LES LARVES VIVENT DANS L'EAU. C'EST LÀ QUE LEURS PATTES POUSSENT!*
* COMME LES GRENOUILLES.

À LA FIN DU DÉVONIEN, LES NOUVELLES CONDITIONS GÉOGRAPHIQUES ET CLIMATIQUES ONT DÉCIMÉ BIEN DES ESPÈCES. LA MULTIPLICATION DES AMPHIBIENS EST L'EXEMPLE LE PLUS MARQUANT DE L'ADAPTATION DES ANIMAUX À LEUR NOUVEAU MILIEU...

DEVENUE LUXURIANTE, LA VÉGÉTATION TERRESTRE ANNONCE UNE NOUVELLE PÉRIODE : LE CARBONIFÈRE, DU LATIN *Carbo* QUI SIGNIFIE CHARBON, LA ROCHE SÉDIMENTAIRE NOIRE TRÈS CONNUE, FORMÉE DE DÉBRIS VÉGÉTAUX.

-360 Ma
Carbonifère inférieur*
-310 Ma
* APPELÉ MISSISSIPIEN EN AMÉRIQUE DU NORD.
IL Y A PLUS DE 350 MILLIONS D'ANNÉES, L'ARCHE DU COSMOS SE DIRIGE UNE NOUVELLE FOIS VERS LA PLANÈTE TERRE. LA TECTONIQUE DES PLAQUES A, BIEN SÛR, MODIFIÉ SON ASPECT...
EN CE MOMENT, TOUS LES CONTINENTS SONT SUR LA FACE ÉCLAIRÉE!
IL FAIT NUIT SUR L'OCÉAN MONDIAL**.
8
1
2
L'ANGLETERRE EST SUR L'ÉQUATEUR. LA FRANCE (★) S'EN APPROCHE. LES POINTES DE L'AFRIQUE (1) ET DE L'AMÉRIQUE DU SUD (2) SONT RÉUNIES AU PÔLE SUD TANDIS QUE LA SIBÉRIE (8) AVOISINE L'AUTRE PÔLE.
* VOIR VOLUME 2 ** LA PANTHALASSA
LA JOIE DES YALLIENS EST À SON COMBLE, ILS PEUVENT ENFIN FONDER LA PREMIÈRE COLONIE.
MAINTENANT ON PEUT FAIRE ÉCLORE NOS ŒUFS, LES PETITS AURONT DU BON AIR!
PATIENCE, ET N'OUBLIE PAS "L'ŒUF SURPRISE"!
VOUS DEVEZ À TOUT PRIX RESPECTER L'ENVIRONNEMENT. VOTRE DEVOIR EST D'OBSERVER SANS INTERVENIR SUR L'ÉVOLUTION GÉOLOGIQUE ET BIOLOGIQUE DE CETTE PLANÈTE.
C'EST LA LOGIQUE ÉCOLOGIQUE!
B-R, G-M ET D-S CONSTITUENT LES ÉQUIPES DE GÉOLOGUES CARTOGRAPHES QUI PARTENT EN MISSION DE TERRAIN!... LES BAKOUS SONT DÉJÀ PRÊTS!
UNE CARTE, UNE BOUSSOLE, UN MARTEAU, UNE LOUPE, UN APPAREIL PHOTO, DES CRAYONS DE COULEUR, DE BONNES CHAUSSURES OU DES BOTTES, VOILÀ CE QU'IL FAUT À UN GÉOLOGUE SUR LE TERRAIN!...

À BORD DE VÉHICULES SPÉCIAUX, UNE DOUZAINE D'ÉQUIPAGES QUITTENT A-D-C.
À BIENTÔT!
P-A ET T-J ACCOMPAGNÉS DE LEURS FIDÈLES BAKOUS LONGENT UNE CÔTE.
CETTE COUPE MONTRE L'ACCUMULATION DES SÉDIMENTS. ALLONS VOIR DE PLUS PRÈS!
LES COUCHES SONT PARALLÈLES ENTRE ELLES.
ICI, LE GROS BANC SURMONTE DES LITS PLUS MINCES.
C'EST UNE ALTERNANCE DE GRÈS CLAIRS ET D'ARGILES SOMBRES.
SI VOUS TROUVEZ DES FOSSILES, ON POURRA DÉTERMINER L'ÂGE DES DÉPÔTS.
J'EN AI UN !!
MOI AUSSI !
PING PING PING
CE SONT DES TRILOBITES VIEUX DE 100 MILLIONS D'ANNÉES*...
C'EST À CETTE ÉPOQUE QUE LE SCORPION DE MER M'A PINCÉ LA QUEUE !
* 350 Ma + 100 Ma = ORDOVICIEN
NOUS AVONS AINSI LA PREUVE QUE LA MER A RECOUVERT AUTREFOIS CET ENDROIT.
LES PAUVRES, ILS ONT ÉTÉ PÉTRIFIÉS DANS LES SÉDIMENTS.
DANS UN EFFORT EXTRÊME DE CONCENTRATION, LE BAKOU GRIS IMAGINE LE PROCESSUS DE DÉPÔT DES SÉDIMENTS DÉTRITIQUES.
① DESTRUCTION = ÉROSION
LES DÉBRIS ROCHEUX ISSUS DE L'ÉROSION DES MONTAGNES SE DÉPOSENT EN COUCHES SUR LE FOND DES MERS.
② TRANSPORT
③ DÉPÔT

NOUS ALLONS PORTER EN JAUNE, SUR LA CARTE, TOUS LES ENDROITS OÙ NOUS RECONNAÎTRONS CE TYPE DE FORMATION.
LE POURTOUR DU JAUNE EST UNE LIMITE STRATIGRAPHIQUE, C'EST L'ÂGE DES TERRAINS QUI LA DÉTERMINE!
FALAISE
PLAGE
MER
PAR CONTRE, UNE LIMITE LITHOLOGIQUE SÉPARE DES ROCHES DE NATURES DIFFÉRENTES!*
* EX: ENTRE UN GRANITE ET UN CALCAIRE.
VENEZ VOIR, PLUS BAS ON TROUVE DES TRILOBITES PRIMITIFS!
LOGIQUE! LES DÉPÔTS SONT PLUS ANCIENS!
PLUS LOIN...
TIENS! TIENS!... LES TRILOBITES DE TROIS ÉPOQUES DIFFÉRENTES SONT EN SURFACE.
ON VA DESSINER LES CONTOURS GÉOLOGIQUES QUI LES SÉPARENT, PUIS COLORIER EN BLEU LE TERRAIN LE PLUS VIEUX ET EN VERT CELUI DU MILIEU!
EN COUPE, ON VOIT TOUT: LE BLEU, LE VERT ET LE JAUNE.
QUELLE IMAGINATION!
AU MOMENT DU DÉPÔT, LES SÉDIMENTS ÉTAIENT HORIZONTAUX...
...PARFOIS, ILS ONT ÉTÉ DÉFORMÉS PAR LES MOUVEMENTS DE L'ÉCORCE TERRESTRE ET...
...NIVELÉS PAR L'ÉROSION; LES COUCHES D'ÂGES DIFFÉRENTS AFFLEURENT DÉSORMAIS, CÔTE À CÔTE, EN SURFACE.
TOI, LE GRIS, PEUX-TU MESURER LE PENDAGE DES COUCHES?
LEUR PENTE?... FACILE!...
LE CHEMINEMENT DU LIQUIDE INDIQUE LA DIRECTION DE LA PENTE.
LA VALEUR DU PENDAGE, ICI 25°, CORRESPOND À L'ANGLE ENTRE L'HORIZONTALE ET LA PLUS GRANDE PENTE.
25°

LA CARTE GÉOLOGIQUE DU SECTEUR TERMINEE...
C'EST COMME UNE VUE D'ASTRONEF: ON VOIT EN PLAN LES DIFFÉRENTES FORMATIONS AFFLEURANTES. ELLES SONT DÉCALÉES ICI PAR UNE FAILLE...
ALLONS RETROUVER LES AUTRES POUR FAIRE LA SYNTHÈSE GÉOLOGIQUE.
LA CARTE FINALE VA ÊTRE BARIOLÉE!
TANT MIEUX! ÇA SERA PLUS JOLI!
ARRÊTE-TOI, JE N'AI JAMAIS VU DE PLANTES AUSSI GRANDES!
ELLES PORTENT DES GRAINES NUES*, LA REPRODUCTION VA ÊTRE PLUS FACILE!
* GYMNOSPERME
LES GRAINES GERMENT, PUIS DE GRÊLES POUSSES GRIMPENT!
ENCORE UNE ÉTAPE DÉCISIVE!
AU GRÉ DU VENT, LES PREMIÈRES FORÊTS COLONISENT LA TERRE FERME...
CES PETITS AMPHIBIENS* ADULTES ONT L'AIR D'APPRÉCIER CES SOUS-BOIS HUMIDES.
AÏE! MON DOIGT!!!
* MICROSAURIENS
DE RETOUR DE MISSION, LES ÉQUIPES DRESSENT LA CARTE RÉGIONALE...
CHAQUE COULEUR REPRÉSENTE UNE FORMATION DISTINCTE. AVEC CES PRÉCIEUX RENSEIGNEMENTS ON VA POUVOIR INSTALLER LA BASE.
LE PROBLÈME DE L'EAU EST ÉGALEMENT RÉGLÉ. AU TRAVAIL!

SOUCIEUX DE PRÉSERVER L'ENVIRONNEMENT ET DE NE PAS LAISSER DE TRACE APRÈS LEUR DÉPART, LES YALLIENS TRANSFORMENT COMME PRÉVU L'ARCHE DU COSMOS EN UNE CONFORTABLE STATION BALNÉAIRE!...

TU VOIS QU'IL Y EN A ! POUSSE-TOI !!!
NON ET NON !
MAIS ?!
BLAOUM !
C'EST MALIN ! JE ME SUIS PLANTÉ DANS LA VASE...
DEHORS !...
EXCUSE-MOI, CE SONT LES ŒUFS QUI ME RENDENT NERVEUX !
À QUI LE DIS-TU !!!
LES VOILÀ ! ON RETOURNE À LA BASE !
AU FAIT !... POURQUOI ON SE BOUSCULAIT ?
JE NE SAIS PLUS !
LES RARES TRILOBITES, SUR LE DÉCLIN, N'INTÉRESSENT DÉJÀ PLUS LES BAKOUS !...
PAR ENDROITS, LA PLANÈTE BLEUE EST DEVENUE UN PARADIS TERRESTRE. LA VÉGÉTATION LUXURIANTE ET L'AIR PUR RAPPELLENT YALL...
J'AIMERAIS QUE L'ÉVOLUTION S'ARRÊTE. ON EST SI BIEN COMME ÇA !
PAS DE CHANCE, ELLE EST IRRÉVERSIBLE !
Ô TEMPS ! SUSPENDS TON VOL...
AL BRGM TOTAL
ZZZ
POURTANT, SUR L'ÉQUATEUR, LA TERRE SUBIT UNE LENTE MONTÉE DES EAUX : UNE TRANSGRESSION MARINE EMPRUNTE LE SILLON QUI SÉPARE L'AFRIQUE DE L'EUROPE ET S'ÉTALE SUR DE LARGES CONTRÉES*.
* AU SAHARA PAR EXEMPLE

ENGENDRÉS PAR LA TECTONIQUE DES PLAQUES CONSTAMMENT ACTIVES, DES CORDILLÈRES LOCALES, DES FOSSES ET DES BASSINS PEU PROFONDS SE FONT ET SE DÉFONT, PONCTUÉS PAR DES SÉISMES.
CELA S'ACCOMPAGNE D'ÉNORMES QUANTITÉS DE DÉPÔTS DÉTRITIQUES...
...NOTAMMENT DANS LA FOSSE ENTRE LES PLATES-FORMES.
CES BASSINS ABRITENT DES "MERS DE CORAIL" TIÈDES OÙ PROSPÈRE UNE FAUNE COLORÉE...
TIENS, TIENS! APRÈS LES COLONIAUX, VOICI LES CORAUX SOLITAIRES!
TIENS, TIENS! APRÈS LES SOLITAIRES, VOICI LES CORAUX COLONIAUX!
SUR LES RIVAGES, L'EAU "GRIGNOTE" PEU À PEU LA VÉGÉTATION TERRESTRE. DANS LES LAGUNES, DÉSERTÉES PAR LES ANIMAUX, CELLE-CI POURRIT ET EST ENFOUIE SOUS D'AUTRES SÉDIMENTS.
POUAH!! IL NE PEUT PAS PUER PLUS!
LA FRÉQUENCE DES TREMBLEMENTS DE TERRE INQUIÈTE LES YALLIENS.
ON FILE !! REMETTONS A-D-C EN GÉOSTATION!
TIT TIT TIT
DÉJÀAA
LE TÉLESCOPAGE COLOSSAL DES CONTINENTS SE POURSUIT, BROYANT ET ÉJECTANT LES SÉDIMENTS MARINS QUI LES SÉPARENT...
ZZZZ
LES YALLIENS NE VERRONT L'AMPLEUR DU PHÉNOMÈNE QU'APRÈS LEUR RÉVEIL!...

-310 Ma
Carbonifère
SUPÉRIEUR*
-280 Ma
* APPELÉ PENNSYLVANIEN EN AMÉRIQUE DU NORD.
DEBOUT, LÀ-DEDANS !
LE REGROUPEMENT DES CONTINENTS EST DE PLUS EN PLUS MARQUÉ. LA SUTURE DU GONDWANA AU SUD ET DE LA LAURASIA AU NORD EST CHOSE FAITE. L'EUROPE (7 ET 7'), LES DEUX AMÉRIQUES (2 ET 6) ET L'AFRIQUE (1) SONT SOUDÉES SUR L'ÉQUATEUR ET SOLIDAIRES DES TERRES AUSTRALES DONT L'ANTARCTIQUE (3) AU PÔLE SUD.
8
7
6
7'
2
1
3
SUR L'HÉMISPHÈRE NORD, LA SIBÉRIE (8) ET LA CHINE (9) SONT ENCORE DES ÎLES.
ÉH BIEN ! QUE FAITES-VOUS SOUS LE MATELAS ?
EUH... RIEN !... ON RETAPE LE LIT !...
L'AUTRE FACE DE LA TERRE EST OCCUPÉE PAR LA PANTHALASSA, "L'OCÉAN MONDIAL", BORDÉE AU SUD PAR L'AUSTRALIE (5) ACCOLÉE À L'ANTARCTIQUE (3).
9
5
3
LA MER ET LES RIVAGES OÙ NOUS ÉTIONS BASÉS SONT DEVENUS UNE CHAÎNE MONTAGNEUSE,* ALLONS VOIR ÇA !...
PAS ORIGINAL LE PROGRAMME !... SAUF SI ON PEUT FAIRE DU SKI.
IL SE CROIT FORT EN SPORT, À TORT !
* APPELÉE CHAÎNE HERCYNIENNE OU VARISQUE.
ON VA ATTERRIR À L'ENDROIT OÙ LA COLLISION DES PLAQUES EST LE PLUS SPECTACULAIRE*.
* QUELQUE PART EN FRANCE.

PAS MOYEN DE SE POSER ICI! ON DESCEND DANS LA PLAINE.
CHOUETTE, IL NEIGE!
QUELQUES INSTANTS PLUS TARD...
ZUT, IL PLEUT!!
APRÈS UNE DÉLICATE MANŒUVRE L'ASTRONEF GÉANT TOUCHE LE SOL...
QUELS SOMMETS! ON N'A JAMAIS VU SI HAUT*!
JE PARIE QU'ON VA RETROUVER DES TRILOBITES AU SOMMET!!!
* AMORCÉE AU DÉVONIEN, UNE MONTAGNE COMPARABLE À L'HIMALAYA OCCUPAIT LA BRETAGNE ET LE MASSIF CENTRAL.
L'ASTROSCOPE RÉVÈLE L'AMPLEUR DE LA COLLISION ET L'ÉVOLUTION DU PLISSEMENT AMORCÉ AU DÉVONIEN.
ROCHES NON MÉTAMORPHIQUES
ROCHES MÉTAMORPHIQUES
GRANITE
1
100 km
2
LA MONTÉE DES GRANITES MÉTALLIFÈRES VA NOUS FOURNIR LES MATIÈRES PREMIÈRES POUR AMÉLIORER NOTRE INSTALLATION...
... NOUS ALLONS ÉTUDIER LES GISEMENTS POUR ÉVALUER LEUR TENEUR.
* CES MÊMES MÉTAUX FERONT (BEAUCOUP PLUS TARD!) LA RICHESSE DES CIVILISATIONS ROMAINE ET MÉDIÉVALE EN EUROPE (ÉTAIN, PLOMB, ZINC, OR...).
PENDANT CE TEMPS-LÀ NOUS EXPLORERONS LES RÉGIONS TROPICALES.
MOI, JE VAIS À LA MONTAGNE POUR FAIRE DU SKI!
C'EST VRAIMENT UNE IDÉE FIXE, SI TU Y VAS, C'EST À TES RISQUES!
P-A ET T-J N'IMAGINENT PAS LE MONDE ÉTRANGE QUI LES ATTEND!...

LE TEMPS PASSE, L'EXPÉDITION MENÉE PAR T-J ET P-A S'AVÈRE DE PLUS EN PLUS DIFFICILE, LES ZONES DE PLAINES AU PIED DES MONTAGNES SONT ENVAHIES PAR DES JUNGLES DENSES ET HUMIDES*.
QUELLE POISSE ! C'EST L'ENFER VERT !
HEUREUSEMENT QUE LES ANIMAUX NE SONT PAS DEVENUS AUSSI MONSTRUEUX QUE LES PLANTES!
J'AI L'IMPRESSION QU'ON NOUS ÉPIE!
* NOTAMMENT EN EUROPE ET EN AMÉRIQUE DU NORD.

MALGRÉ L'INTUITION DU BAKOU, LES EXPLORATEURS N'ONT PAS VU LES ÉTRANGES CRÉATURES QUI LES OBSERVENT !...
PLUS HAUT, LA JUNGLE DEVIENT CLAIRSEMÉE, ON VA SOUFFLER UN PEU...
LES NAVETTES VONT POUVOIR NOUS REPRENDRE !
UNE LARGE CLAIRIÈRE ACCUEILLE LA PETITE ÉQUIPE EXTÉNUÉE...
L'ENDROIT EST IDÉAL POUR ATTERRIR.
JE COMMENÇAIS À DÉSESPÉRER !... ICI, ON VA SÉCHER, AU MOINS !
POURTANT, LA JOIE DES YALLIENS ET DU BAKOU EST DE COURTE DURÉE. CES LIEUX MOINS HUMIDES SONT LE REPÈRE D'INSECTES VORACES ET PARFOIS VENIMEUX !...
POUAH !... DES BLATTES !
AU SECOURS ! UNE ARAIGNÉE GÉANTE.
OUF !
SANS CETTE "LIBELLULE"*, J'ÉTAIS UN BAKOU MORT !
DESCENDS ! J'AI ASSEZ CHAUD COMME ÇA !
*Meganeura ATTEIGNANT 70cm D'ENVERGURE
RIEN DE TEL QU'UN BON SIÈGE POUR...
MAIS ?!... IL BOUGE !

ALLEZ COUCHER!... COUCHE, LE MILLE-PATTES*!
* arthropleura POUVAIT ATTEINDRE 1,80m DE LONG.
LES NAVETTES!
IL Y A DES JOURS OÙ ON EST CONTENT DE RETROUVER G-I!
IL ÉTAIT TEMPS QU'ON ARRIVE, VOUS ÊTES EN PITEUX ÉTAT!
TIENS! UNE FOUGÈRE À GRAINES.
ON A APERÇU DES MONSTRES, PLUS BAS DANS LES MARÉCAGES, ON Y VA?...
NON MERCI, J'AI DÉJÀ DONNÉ!!!
PRÈS DE L'EAU, G-I RETROUVE LES ANIMAUX QU'IL AVAIT REPÉRÉS...
VENEZ VOIR! CE SONT DIFFÉRENTES SORTES D'AMPHIBIENS.
CHUT!
QUEL ZOO! JE ME DOUTAIS BIEN QUE DES BÊTES RÔDAIENT DANS LE COIN!
INCROYABLE! IL Y A MÊME DES AMPHIBIENS SERPENTIFORMES!
1- eogrynus 2- diplocaulus 3-phlegthontia 4-gephyrostegus 5-solendonsaurus

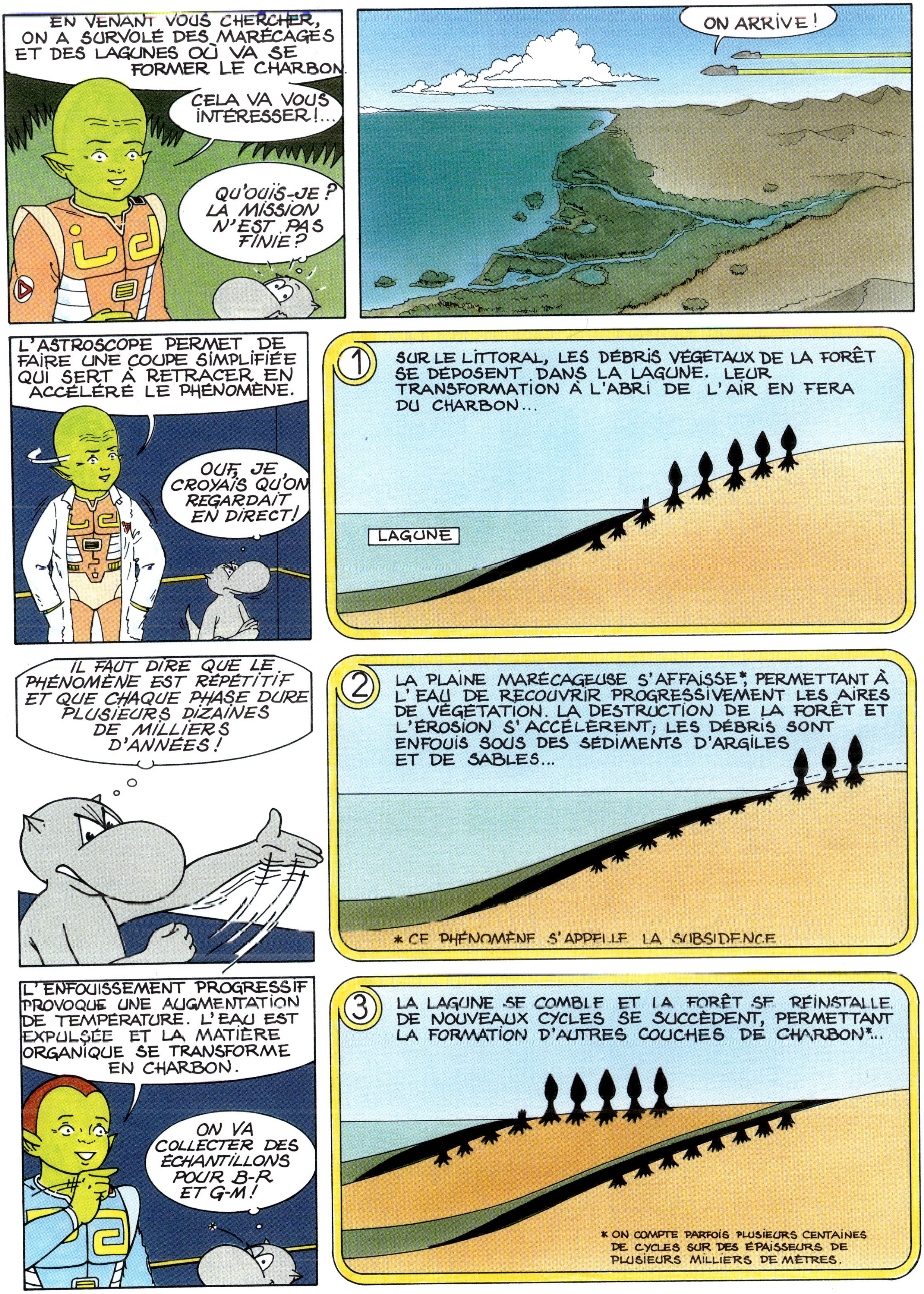
EN VENANT VOUS CHERCHER, ON A SURVOLÉ DES MARÉCAGES ET DES LAGUNES OÙ VA SE FORMER LE CHARBON.
CELA VA VOUS INTÉRESSER !...
QU'OUIS-JE ? LA MISSION N'EST PAS FINIE ?
ON ARRIVE !
L'ASTROSCOPE PERMET DE FAIRE UNE COUPE SIMPLIFIÉE QUI SERT À RETRACER EN ACCÉLÉRÉ LE PHÉNOMÈNE.
OUF, JE CROYAIS QU'ON REGARDAIT EN DIRECT !
1
SUR LE LITTORAL, LES DÉBRIS VÉGÉTAUX DE LA FORÊT SE DÉPOSENT DANS LA LAGUNE. LEUR TRANSFORMATION À L'ABRI DE L'AIR EN FERA DU CHARBON...
LAGUNE
IL FAUT DIRE QUE LE PHÉNOMÈNE EST RÉPÉTITIF ET QUE CHAQUE PHASE DURE PLUSIEURS DIZAINES DE MILLIERS D'ANNÉES !
2
LA PLAINE MARÉCAGEUSE S'AFFAISSE*, PERMETTANT À L'EAU DE RECOUVRIR PROGRESSIVEMENT LES AIRES DE VÉGÉTATION. LA DESTRUCTION DE LA FORÊT ET L'ÉROSION S'ACCÉLÈRENT ; LES DÉBRIS SONT ENFOUIS SOUS DES SÉDIMENTS D'ARGILES ET DE SABLES...
* CE PHÉNOMÈNE S'APPELLE LA SUBSIDENCE.
L'ENFOUISSEMENT PROGRESSIF PROVOQUE UNE AUGMENTATION DE TEMPÉRATURE. L'EAU EST EXPULSÉE ET LA MATIÈRE ORGANIQUE SE TRANSFORME EN CHARBON.
ON VA COLLECTER DES ÉCHANTILLONS POUR B-R ET G-M !
3
LA LAGUNE SE COMBLE ET LA FORÊT SE RÉINSTALLE. DE NOUVEAUX CYCLES SE SUCCÈDENT, PERMETTANT LA FORMATION D'AUTRES COUCHES DE CHARBON*...
* ON COMPTE PARFOIS PLUSIEURS CENTAINES DE CYCLES SUR DES ÉPAISSEURS DE PLUSIEURS MILLIERS DE MÈTRES.

LE CARBONIFÈRE, REMARQUABLE POUR SES FORÊTS HOUILLÈRES, PREND FIN. LA PÉRIODE QUI S'ANNONCE SE NOMME LE PERMIEN (DE PERM, VILLE D'U.R.S.S.).

-280 Ma
PERMIEN
-250 Ma
UN MANTEAU DE GLACE ET DE NEIGE A RECOUVERT L'ASTRONEF GÉANT OÙ, À L'ABRI DU FROID POLAIRE, LES YALLIENS ACCUMULENT L'ÉNERGIE LEUR PERMETTANT LA VIE ÉTERNELLE...
À LEUR RÉVEIL...
QUEL BLIZZARD! METTONS LE CAP AU NORD, ET VITE!...
FINI DE JOUER LES BAKOUS, ON N'ATTEND PLUS QUE V... !!
PAF
LOUPÉ!!
UN PEU PLUS TARD, LES OBSERVATEURS DE LA TERRE DÉCOUVRENT DE L'ESPACE, LE NOUVEAU "VISAGE" DE LA PLANÈTE BLEUE.
ENCORE QUELQUES MILLIONS D'ANNÉES ET IL N'Y AURA PLUS QU'UN SEUL SUPER-CONTINENT.
IL Y A PRÈS DE 270 Ma, P-A ET T-J REPARTENT EN ÉCLAIREURS. B-R, G-M ET LES BAKOUS LES ACCOMPAGNENT...
SUR L'ÉQUATEUR, ILS RETROUVENT LA FORÊT.
LE REGROUPEMENT DES CONTINENTS ET LA GLACIATION BOULEVERSENT LE CLIMAT SUR L'ENSEMBLE DE LA PLANÈTE.
D'AILLEURS, LA JUNGLE EST MOINS ÉTENDUE ET MOINS DENSE!

IL FAUT TROUVER UN ENDROIT PLUS ACCUEILLANT POUR INSTALLER A-D-C !
QUITTANT LA FORÊT, LES EXPLORATEURS ABORDENT DES CONTRÉES BEAUCOUP PLUS SÈCHES...
LAISSONS LES NAVETTES ICI ON VA REJOINDRE CETTE VALLÉE À PIED.
EN SE DÉPÊCHANT, ON ARRIVERA AVANT LA NUIT !
C'EST DE LA FOLIE PAR CETTE CHALEUR TORRIDE !
RALENTIS PAR LES OBSERVATIONS DE TERRAIN, LES YALLIENS SONT SURPRIS PAR LA NUIT...
FICHTRE ! ILS NE SAVENT PAS FAIRE DEUX PAS SANS RAMASSER UN CAILLOU !!
L'OBJECTIF ATTEINT...
UNE RIVIÈRE BARRE LA ROUTE. ON VA BIVOUAQUER ICI !
CE N'EST PAS TROP TÔT !
TERRASSÉS PAR LA FATIGUE, LES MEMBRES DE L'EXPÉDITION TOMBENT DANS UN PROFOND SOMMEIL... TROP PROFOND SANS DOUTE !...
AU LEVER DU JOUR...
LAISSE-MOI DORMIR, JE T'AI DIT !!!
GUILI GUILI
???

L'OBSTINATION DE L'INCONNU TIRE POURTANT DE FAÇON SPECTACULAIRE LE BAKOU DE SON SOMMEIL!...
AUSEC... ARRGL!
!
RIEN À CRAINDRE, C'EST UN GROS REPTILE HERBIVORE*
* Edaphosaurus
MALGRÉ SA TAILLE IMPOSANTE (3,5m DE LONG), L'ANIMAL EST TRÈS DOCILE.
ALLEZ! PLUS VITE!
LÀ-BAS, IL Y EN A UN AUTRE, ON VA POUVOIR FAIRE LA COURSE!
MALGRÉ LA RESSEMBLANCE, L'AUTRE MONSTRE EST UN REDOUTABLE CARNASSIER LE DIMETRODON.
SAUVE QUI P...
PLOUF
LA RIVIÈRE N'EST PAS LE REFUGE ESPÉRÉ, UN DANGEREUX MÉSOSAURE MENACE LE BAKOU...
OUF!... QUOI ?? QUE?!...
... QUI ÉCHAPPE DE JUSTESSE À SES POURSUIVANTS!
LE MONDE DES REPTILES S'EST DIVERSIFIÉ DE FAÇON ÉTONNANTE, MÉFIONS-NOUS!
À QUI LE DIS-TU!!
ET DIRE QU'IL FAUT REJOINDRE LES NAVETTES À PIED... JE NE VOUS RACONTE PAS!!
À LA SURFACE DE LA PLANÈTE, LES DERNIERS SOUBRESAUTS OCCASIONNÉS PAR LA COLLISION DES CONTINENTS ENTRAÎNENT LA FORMATION DES APPALACHES*.
EN ROUTE POUR L'ARCHE! ON VA FAIRE LE POINT.
* MASSIF MONTAGNEUX DE L'EST DE L'AMÉRIQUE DU NORD.

DANS A-D-C...
LE SUPER-CONTINENT EST ACHEVÉ. ON VOIT SUR LES ÉCRANS LES DIFFÉRENTES ÉTAPES QUE NOUS AVIONS OBSERVÉES*.
CAMBRIEN
ORDOVICIEN
SILURIEN
RÉCAPITULE-T-IL ? OU RADOTE-T-IL ?
DÉVONIEN
CARBONIFÈRE INF.
CARBONIFÈRE SUP.
* EN NOIR : CONTINENT + MARGE CONTINENTALE
ET VOICI LE RÉSULTAT !* ON COMPREND QUE DE SI VASTES ÉTENDUES SOIENT DEVENUES ARIDES !
PERMIEN
* APPELÉ PANGÉE (DU GREC *Pan* = UNIVERSEL ET *Gê* = DÉESSE DE LA TERRE).
MÊME LA GLACIATION DU PÔLE SUD PREND FIN, LES CONSÉQUENCES VONT ÊTRE INTÉRESSANTES À ÉTUDIER. ALLONS-Y TOUS !
CHOUETTE !... LES OEUFS SONT DU VOYAGE !...
L'ARCHE DU COSMOS SURVOLE UN PAYSAGE ÉTONNANT : LE RETRAIT DE LA GLACE LAISSE DERRIÈRE ELLE UN RÉSEAU DE MÉANDRES QUI ALIMENTE UN LAC GLACIAIRE. SUR L'AUTRE RIVAGE, LA VIE A REPRIS SES DROITS : D'IMMENSES MARÉCAGES ONT REMPLACÉ LA GLACE.
CETTE VÉGÉTATION SE TRANSFORMERA EN CHARBON. CE SONT LES GRANDS GISEMENTS EXPLOITÉS ACTUELLEMENT EN AFRIQUE DU SUD.

LES MARAIS ABRITENT DE NOUVELLES ESPÈCES ANIMALES : LES REPTILES MAMMALIENS*. LES CARNIVORES (ICI Sauroctonus) CHASSENT SANS PITIÉ LEURS "COUSINS" HERBIVORES (ICI Lystrosaurus).
C'EST AFFREUX, C'EST COMME SI NOUS, NOUS MANGIONS DES YALLIENS !
* LIGNÉE QUI CONDUIRA AUX MAMMIFÈRES.
TANDIS QUE LES OCCUPANTS D'A-D-C INSTALLENT LEUR BASE, T-J, P-A ET LEURS MASCOTTES CONTINUENT L'EXPLORATION DU CONTINENT GÉANT.
LA SÉCHERESSE A GAGNÉ DU TERRAIN. LES BASSINS MARINS FERMÉS SONT REMPLIS D'IMMENSES DÉPÔTS DE ROCHES SALINES.
C'EST LE SEL QUE LA MER LAISSE !
ICI, C'EST ASSEZ PROFOND, PLONGEONS !
LA FAUNE ET LA FLORE N'ONT PAS PU S'ADAPTER AU NOUVEL ENVIRONNEMENT...
QUEL DÉSERT ! QUELLE HÉCATOMBE !
PAS LA MOINDRE TRACE DE VIE !
AVEC ACHARNEMENT, P-A ET T-J VISITENT TOUTES LES MERS QU'ILS CROISENT EN QUÊTE DE SURVIVANTS...
MÊME CES FUSULINES* QUI APPRÉCIAIENT LES EAUX CHAUDES ET PEU PROFONDES ONT PÉRI !
FUSULINE (1 à 70mm)
* PETIT ANIMAL MARIN À COQUILLE FUSELÉE.
SUR LA TERRE FERME, LE MÊME SPECTACLE DE DÉSOLATION ET DE MORT ACCUEILLE LES EXPLORATEURS !
REJOIGNONS LES AUTRES !... AU SUD, C'EST ENCORE VIVABLE !!
CE N'EST PAS UN MONDE POUR NOS OEUFS !!
POUR COMBIEN DE TEMPS ?

4350 MILLIONS D'ANNÉES APRÈS LA FORMATION DE LA TERRE, L'ÈRE PRIMAIRE OU PALÉOZOÏQUE (DU GREC *Palaios* = ANCIEN, ET DE *Zôon* = ANIMAUX) PREND FIN.

FIN

DE L'ÉPISODE